To

thank you ... along

Hope you enjoy the book

Echas frae tha Big Swilly Swally

Echas frae tha Big Swilly Swally

Alan Millar

This book has been published with the assistance of the Ullans Speakers Association

ISBN 978-0-9576662-3-8

Tha Poems

"Alan Millar's work challenges the perception that Ulster-Scots has limitations as a literary language, but it is also a challenging contribution in its subject matter, and in the range and depths of Millar's knowledge of the language." ***Dr Linde Lunney***

"This is a fantastic book of poems. It's a significant collection of new writing in Ulster Scots - a landmark text that is gye welcome. Millar is characteristically clever, canny and engaged thoroughly in writing himself into the tradition and implementing innovation upon innovation within it - a makar fur tha makars. It is a job weel done and deserves a broad readership." ***Dr Frank Ferguson***

"I first trystit wi the poesie o Alan Millar when I walit his *Wee Weaver Birdie* tae be the winner o the Scots Leid Associe's Sangschaw Hugh MacDiarmid Tassie. Since syne I hae read mair o his ettlins and hae ayeweys been struck wi the oreiginality, leir and maistery o leid that raxes attour his poems. Alan Millar is his ain man wi his ain unco byordinar vyce. Like aa the special anes, he is able tae see the warld in his ain byous wey and he is able tae thirl his glisks and insichts o nature, fowk, history, landscape and muckle mair intil vairse that thrums wi the timeless virr o life itsel. This gies him an authentic vyce. This mellin and jynin and mixter-maxtering o wirds, thochts and eimages is at the very hert and saul o his fowthsome Muse.

"Alan ayeweys wales interesting subjecks tae screive anent and the outcomes o his vaigins aften surprise. His poems provoke and kittle thocht and speirin and in daein sae they promote unnerstaunnin and empathy wi aathin that girds us. Mair I cannae say sae… I threip tae the reader - daud on, ye'll be fair stouned!" ***William Hershaw, editor o Lallans, the journal o the Scots Leid Associe, May 2023***

Introduction

THIS collection of poems began as a distraction from a novel project, trying to craft little epigraphs as chapter headings, which has escalated into a headlong embracing of Ulster-Scots and Scots leid, still ongoing.

Quite a few of poems are about ordinary subjects. Re-languaging is also an important theme, not just composing in Scots, but using the poetic canvas in an attempt to approach old narratives in a new way.

The inspiration for the title *Echas frae tha Big Swilly Swally* came from a speech made by Abraham Lincoln to the Young Men's Lyceum in Springfield, Illinois in 1838, where he famously said "*All the Armies of Europe, Asia and Africa combined...could not by force take a drink from the Ohio... in a trial of a thousand years*".

These words always serve to remind me, that water, as much as land, is the object of conquering. The idea of re-languaging the Plantation of Ulster, with Lough Swilly, in my home county of Donegal, being swallowed into the British state, appealed to me. Echoes from that time resonate both in my language and subject matter.

The cover picture shows Greenan Fort (*Grianán of Aileach)* with Inch Island and Lough Swilly stretching away to the horizon. This picture seemed fitting for more than one reason. The origins of Greenan Fort go back thousands of years, yet, what we see now, is a reconstruction dating from the late 19th century. This is a powerful reminder that most Irish historical narratives are recent constructions, serving contemporary needs and perspectives.

Having thought long and hard about questions of poetic conventions and orthography, I concluded, that these matters boil down to two things, consistency on one hand and on the other, my feeling for the best words to use in the immediate context of a poem. I have tried to navigate my way between these two poles to the best of my ability. I have used both traditional and modern conventions, depending on the poem, with some poems having a lighter touch in Ulster-Scots than others. I have used standardised spellings where possible.

Scots vocabulary in the "heartland" areas of Ulster, has been in decline, but a great wealth of words remain, some used by only a handful of people. There is a huge reservoir of words tucked away in Ulster-Scots literature. I believe in reclaiming and using these words, not forgetting of course, the Ulster-Scots meanings of English words. Some may find this difficult. To help, I have included translations with some poems, and a glossary.

Some years ago, I reached a point in the journey, when I concluded two things, "you'll please nobody, so at least please yourself" and "enjoy the leid". Since then, my work has pleased others too, or this collection would never have come to fruition. Enjoyment is the key.

The poems are divided into three sections: *Weaver Birdie*, *Desk Loom* and *Religion River* with self-explanatory introductions accompanying the latter two sections. *Weaver Birdie,* named for my 2021 Hugh MacDiarmid Tassie winning poem, is a selection of work on a variety of subjects.

I am indebted to my wife Julie for all her patience and support over the years. Thank you so much. I would also thank Dr Linde Lunney for agreeing to appraise my work and for all her help and suggestions. Thanks and gratitude are also due to the editor the Scots Language Society journal *Lallans,* Mr William Hershaw, whose encouragement catapulted me through 2021 and for his advice and support since, not least his generous testimonial in this book. Thank-you to Dr Frank Ferguson for his kind comments and general advice. I would also like to thank my brother Dave for his missions to Greenan to get the front cover shot. The Ullans Speakers Association, in Ballymoney, for their support. Finally, the Friends of the Ulster-Scots Academy social media group needs a mention, providing a valuable forum for discussion since 2015.

Ulster-Scots language is in a radically different place than it was just a few years ago, with many new writers emerging. It is great to see, and be part of that, making new friends, not only here, but in Scotland, with a shared love of the leid.

Ballymoney, May 2023

Wee Weaver Birdie

Wee weaver birdie
wings skailt ower continents
abakka hoosis
happed in simmer sky

Ower waas an gerdens
saft boady low abeen
bake aye apen
ketches midgies

Swallies
wee musey flees
gang fat on sang stoor
speels high

Gars magic spake
in doggerels an abeen
his wee quill scobes
ne'er forgot

Wans on blethermints
frae sates suppin tae
keeks tha swoop

oddtimes flep

Wile nice bonnie nice
an hairtsome
lang sic gae on
jook aboot birl an flit

O waes naw a haet
aboot his wark
naw so late
nor blate

Lik monies tha wan
afore an efter

Throuither
merchless hame-place
awa aff noo
oota sight an forgot

Makar o Mae Ain Dolmen

Mae kep stane is whinstane
frae tha toonlans

heezed frae tha stratigraphy
unner Clasheygowan

or Moness aiblins
Monreagh or Culdaff.

Mae jamb-stanes are peasie-whin
erratics frae tha Bingorms

rippit frae tha pluton
kerried bae tha glacier

drapped aff on sklents
nearhan Binnion hill.

Inbye tha airy ingle-crypt
tha kist o me ferlies

pingled collectives, forebears
thrapin, hokin, it aal.

Mae geology
tha benmaist airts o Donegal

frae Malin Heid tae Malinbeg
follaein tha sills an dykes

whar ainst lava draves
haet breenged

alang beddin playins
airtin oot ilka fault

coolt tae whinstane, mae table stane.
Dalradian meta-dolerite.

Ticht keepin tha heirskip o me.
Aal o me.

Makar o mae ain Dolmen
wi cantrips o spright an mindin

an sootherin oot tha odd aule bogle
twixt Greenan an Beltany.

Poet of My Own Dolmen

(Translation of Makar o Mae Ain Dolmen)

My cap stone is whinstone
from the townlands
lifted from the stratigraphy
under Clasheygowan
or Moness perhaps
Monreagh or Culdaff.
My support stones are granite
erratics from the Bingorms
ripped from the pluton
carried by the glacier
dropped off on slopes
near Binnion hill.
Inside the airy ingle-crypt
the chest of me miracles
contested collectives, ancestors,
arguments, delving, the lot.
My geology
the nether parts of Donegal
from Malin Head to Malinbeg
tracing the sills and dykes
where once lava herds hot hunted
along bedding planes, finding every fault
cooled to whinstone, my table stone.

Dalradian meta-dolerite.

Guarding the heritage of me.

All of me.

Poet of my own Dolmen

with spells of spirit and memory

and coaxing out the odd old ghost

with charms of spirit and memory.

My Meentith an Me

THIS poem, written in *Standard Habbie* stanza form, sprung from a thread on the Friends of the Ulster-Scots Academy social media group in December 2016. We were discussing a poem written by 'W', probably William Starrat of Strabane, called *Sisyphus, Or Human Vanity,* first published in the *Scotch Poems* section of the *Ulster Miscellany*, in 1753, the earliest collection containing Ulster-Scots poems in Ireland. The context of the word *meentith* in the fourth line of the poem was speculated upon, with no conclusive meaning or etymology being agreed. I reflected that it was one of those extraordinary words that Scots language occasionally throws at you. Lack of a standardized orthography (and the poetic form itself) facilitates a writer's creative flexibility, with resultant words occasionally entering the vocabulary. Just like 'W', I, decided to have some fun with this. I set about bringing *meentith* to life, perhaps reflecting different states of mind; connecting past and present on Crochan Hill, the setting for Starrat's famed verse epistle to Scots bard Allan Ramsay. The hill is beside Lifford, within sight of Strabane and not far from St. Johnston, where I was brought up.

My Meentith an Me a Salutary Tael (Aiblins)

Featuring the author and another from the Ards Peninsula

I pity the aspiring cheel,
Wha wad to wealth, and grandeur speel;
Wha uses a' his art, and skill
To row his meentith up the hill.
W (Scotch Poems 1753)

PAIRT YIN

My meentith rests on Crochan Hill,
Surveys Strabane lik bardic Bill,
The hind wha ainst did scrieve his fill
On Sisyphus
The Greek; wi Ulster- Scots an quill,
An little fuss!

Me an my meentith speeled thegeither,
Frae Lifford brig in oddest weather,
Sweitin hard for he's nae feather
An country rare;
For wance he's up, there's nae known tether
Will keep him there!

On twitchy meentith I maun haste,
Tae pen my thochts an mak the maist,
O this brief time tae scrieve the baste,
For ilka quiver
Could bae the thing that starts the chase
Bak tae the river.

PAIRT TWA

My canny meentith's high abeen,
A corbie craw that flies aroun,
My fragile heart an grounded shoen,
On sleekit warl;
Keeps bak the gype, the coof an loon,
Wad vex his carle.

My boorish meentith is the champ,
Wha steers me throu the social swamp,
Gies muckle wans, the "eejit" stamp;
The borin fools.
Whase witterin's gies lugs the cramp,
Nae mair nor tools.

My waeful meentith sharps his stakes,
Agin ilka form progression taks,
Ilk bonnie plan he aye forsakes
As future's foe;

An disavows what reason makes,
Wi resounding NO!

My deilish meentith is a yoke,
Dis snoke an scobe an rutted hoke,
An slink awa frae ither folk,
Tae bae naw wise;
Lays thrapple thick wi churning boke,
An poortith cries.

PAIRT THREE

My Springer meentith sudden strains,
An surges farrit agin his reins,
The testy "hind" o aa terrains
Keeks ower the broo,
Tae see what awful sicht pertains,
We'll heddie rue!

A stane slaw speels up Crochan's swards,
Hard heezed bae yin withoot regards,
For onything but dogged yards,
Wi heels dug in;
Lord abeen, it's the man frae Ards
It's Doctor R------n!

Man an meentith come tae savor,
An hae a bonnie cryptic claver
In Laggan Scots wi aa its flavor
                    "Fair fie," I ca,
"Come sit a while an haver
                    "Aboot Donega'."

The Doctor staps an mops his broo
Trigs as weel as airms alloo,
"This cursed thing's a muckle sow,"
                    He grim confides;
Then asks a han on up the knowe -
                    Which I oblige.

Straight awa my meentith trumbles,
Doon the hill he wildly rumbles,
I mak fareweel wi 'sorry' mumbles,
                    Tae Phil in haste;
Then aff tae Lifford brig in tumbles,
                    Oh what a waste,

POSTSCRIPT

Twa meentiths lie near Crochan fit,
Ne'er speeled the hill for wurnae fit,
For ilka ane judged the sunny sit
                    Their best o selves

Just ‘trumphery’ sat, an what o't,

Sic happier elves.

Saft Steps tha Lassie

Saft steps tha lassie
intae cloud abeen
tha basket kerried alang tha broad aisle
a life weel led bears tha gree.

Grieves tha wheen
gaethered in a pandemic kirk
whar sleeps tha lady
sad in wicker.

Minister spakes his small yins
dour gye fancies
grim banger verse frae Bible kist
sap in a drouth
hap scunner broadcast oot tae us aal
skailt in a car park.
(Funeral leid an thin white sarks
haule nae heat).
Padre Pio
help stap tha brane tumour
we pray
said afore tae
tha solitary scud abeen unstappable

for mammy wife sister granny aunt freen.

Son, bouk in a wheelchair streeked
maister o his ain heed
struggle dunts tha broo switch,
gleg owersets his eulogy.

Spakes Irish love in Yankee tin -
sayit for daddy sister ilka boady
hairtsome wurd braird for a mammy loost
too young in Raphoe.

Spaced, tha kirk sangsters stood strang anent graveside
returns their ainst hymn mate bak hame tae tha sky.
Grieves tha sad daughter whase daddy is weeping
as she keeks her poor mammy in her ain wean's ee.
Greets tha wee granwean that disnae yet ken ocht
as sherp flits her passin throu aunts dotin at hame.

Pack memory pickles
for her awa
abeen life's aule crattle
that shouldnae bae.

The Losing of Quinn

For Caoimhe

Written after a work colleague left north Antrim for a new job in her home town of Belfast

We lost Quinn
on the cusp of Christmas
preferring the smog to the bog
she was pitiless

Quinn deserted
as festivities started
thinking booze was better than *coos*
she departed

Racing
back home in her "bucket"
to be Cass the urban *lass*
an' f**k it

Transformed
into a seasonal pressie
she gifted herself to a city, it's a pity
she's just crazy

Good bye Quinn
who chose Pinocchio over a real boy
the false light of street light
to sunshine near Armoy

Burns Quinn
sheughs you must remember
striding over gutters and drains
this day every December

Fareweel Quinn
gone with the dying year
for she who wrote prostitute not prosecute
we shed a tear

Gye Jooks Oor Heid Yin

Written against the Russian war of aggression in Ukraine

Gye jooks oor heid yin
marinated in dark beauty
happed in kenspeckle
his gay Kremlin riggins
shine poower lik tha sun

Earth birls on his stanes
his heirskip is speelin
his weird atap plinths
doon in history 'ill gae

Frisksome tha warlord
at oor beechen tap table
studyin up on tha wittins
o Comrades an Tsars

Tha patriots frae tha soviets
wha focht an kilt Hitler
noo wrackers an bangsters
deid alive in his heid

Byordinar his raws
o big tanks an baule warplanes

for rockets an missiles
nane anent are nearhan

His Kalashnikov factories
rax oot tha machine guns
his flet beeded lorries
tae tha country gie gree

Oor smeddum filt conscripts
for beer an for sheggin
sent frae their femlies
that luve them at hame

Truckit frae their Mitherlan
tae gae rapin lik Nazis
oor lang tholin neebour
Ukraine, on tha Steppe

Afeart are tha orphans
driv on afore him
a wicket impaler
o weans on his pride

Ower Dnipro an Dnister
whole kirks are noo fleein
tha deilish jet trales

that swairm throu tha sky

At hame he's tha heid yin
o a mafia state fiefdom
twixt Piter an Vladik*
his faces aye scuddin

Leid pawkerie it crines us
oor kist o aal kent
jist battery banties fed
fear bletherie lies

Still monie step oot
agin pure badness blak lyin
though echas tha gulag
in slammin cell dures

Gree tae invaders
how mae Kirill rottit saftly
bouk wheetled bae rats
amang flowers o tha sun

Waeful his pictur
took afore bag up
sent tae his poor mammy

blirtin bak hame

Lonely his bytes
scud up intae orbit
bunced bak frae heaven
tae billions on phones

Whittelt wi liks
his waeful deid boady
tha despot rebeukit
wha brocht it aboot

Flew frae her Greek brae
Thalia muse o comedy
circles Kyiv
day darg set tae wan side

Pittin tha kennin
o wha 'ill hae "last lauch"
deep intae tha banes
o tha chiel frae Kryvyi Rih

Filt, history's sheugh
wi *putinous* riff-raff
their corbie peckt heirskips

an policies o shame

Piter an Vladik - St Petersburg and Vladivostok*

Whins afore Sex doon Oor Wie

Or Ulex, tha Rex o Sex

Whin bush sprig laid on louf,
"mae wee kenspeckle freen,"
oor sneddin neighbour, saft spoke,
"scobin jegs
grou 'mangst bonnie strobes
o yella petals.

Jookin hoores," says he,
"pike heids

preens
pile druv ahint finger nales
speels abeen aa," he reveals.
"Jist sayin," he says.

Blate delicht in een.
bill-heuk in han,
sweit on broo.

Flat kep on moss reddin, "fairy thoarns
bit a tickle,
lik fog on doup; furze jegs
skailt amang knuckles

some crack," he says.

Pits graip doon, draas close.

"Niver bae sayin," says he,
"buttermilk airm breenged oxter deep
intae saffron
bee-skep; whinny prick hansels
in dyke abeen sheugh.
aft times ecstasy,"
he whispers

"sookin deep jeg oota thumb heid
gars prick-a-bane
smeddum; lang slabbery tooth jundies
saft urges oot.
Aye boy," he sighs.

On tha brae thonner,
saft een keeks aff
ower tha broo
o Knocklayd*, far awa in his ain heid.
Grienin frae his benmaist.
Rare boy.

Bit odd,

niver gaes nae whar.

"Whins afore sex doon oor wie,"

is his sayin.

Aule bachelor man, dotin.

Him 90 an aa.

Dinnae bae sayin,

shush noo!

**Most northerly of the Antrim hills.*

Guid Caule Watter

Benone beach, December
wi freens for tha sauna
a santer, a banter
an guid caule watter

Breengin frae tha haetbox
ower hard ruckled san
crack on tha huif
intae guid caule watter

Folk awee foundered
bit naw a bit maitter
it's aal aboot pilin pell-mell
intae guid caule watter

Gulderin an lauchin
haulin airms abeen, blate
skreichs an gams chitterin
screeds o fawse greetin
blatterin ramstam
intae guid caule watter

Waws whammel in
jundiein an duntin

it's heeze an jook unner
dinged up an dinged doon
bae guid caule watter

Och, how tha bogles are redd
how tha saule is weel fed
how weel tha heid shired
sapplin an dookin
in guid caule watter

Nae simmer day seaside
nae cocktael at poolside
iver haules a cannle
tae guid caule watter

In brine we haud farrit
oor ruch circle we formit
legs heezed thegeither
queets abeen blether
tha Apen Watter Swum Crew
comrades furiver
in guid caule watter

Breenge bak up tha *trá*
for a bide-a-wee thaw
a roast an a sweit

on oor heezed haetbox sate

afore anither haud farrit, helter-skelter

intae guid caule watter

Good Cold Water

(Translation of Guid Caule Watter)

Benone beach, December
with friends for the sauna
a chatter a banter
and good cold water
Rushing from the hotbox
over hard rippled sand
crack on tha hoof
into good cold water
Folk a bit foundered
but not a bit matter
it's all about piling pell-mell
into good cold water
Guldering and laughing
holding arms above, bashful
shrieks and teeth chattering
speels of false whinging
battering ramstam
into good cold water
Waves beating in
jostling an bumping
it's rise and duck under
knocked up and knocked down
by good cold water

Och, how tha demons are cleared

how the soul is well fed

how well the head shired

soaking and ducking

in good cold water

No summer day seaside

no cocktail at poolside

ever holds a candle

to good cold water

In brine we force forward

our rough circle we formed

legs raised together

ankles above blather

the Open Water Swim Crew

comrades forever

in good cold water

Rush back up the trá

for a bide-a-wee thaw

a roast an a sweat

on our raised hotbox seat

before another push forward helter-skelter

into good cold water

Glossary for Aff Mae Heid on tha Leid

A'm/I'm; aff/off; mae/my; heid/head; leid/language;
sib/related by blood/intimate; naeboady/nobody;
ferlie/marvel; filt/filled;

banes/bones; dinglin/tingling; kist/chest; dirlin/vibrating;
benmaist/inner most; blatterin/ beating;
fashed/bothered; thunnersome/thunder some;
sapplin/saturating;
hesps/tangles or quandaries; teemin/flooding;
saft/soft; dingin/knocking;
stringles/strings; thairm/guts;
byordinar/extraordinary;
heezin/rising; thrapple/throat;
biggin/ building; bield/shelter;

aiblins/perhaps;
scunnersome/annoying;
screed/spiel;
steeked/shut up;
naethin/nothing;
bit/but; haud farrit/push forward;
poustie/ powerful;
abraird/sprouting

Aff Mae Heid on tha Leid

A'm aff mae heid on tha leid
sib wi naeboady bit tha leid
jist tha leid ferlie filt
in mae heid
banes dinglin kist dirlin
benmaist blatterin
wi fashed thunnersome leid
sapplin mae heid
lang hesps teemin
saft dingin
leid stringles worse nor thairm
byordinar
heezin mae thrapple
biggin bield in mae heid

Och aiblins need freed
frae this scunnersome
buckin screed
steeked in mae heid
bit och man I can dae naethin
bit haud farrit
wi this poustie aule leid
abraird in mae heid

Eldritch Cretaceous Men Jinkin

Ah wuz pished last nicht.
Tha day mae branes are a baul o seek watter;
it'll bae tha morra afore
wattercress brairds frae them ainst mair.

Eco-greinin is aa tha poower Ah can find,
tae shift tha sharks' gams
steeked aroon mae banes; deep watter thieves
o mae life's smeddum.

Soolicks help, birlin tha haet needle-teeth
heich thou mae heid lik jeck-stanes;
kythin maesell intae a spaeman, fummlin
rocket fuelled cantraips.

Aa grippit wi pish-tha-bed
tha sweity freets
o sleekit wee megalodons on tha heeze.
Seahags in fives seepin dowie pooshin,

turnt eldritch cretaceous men,
jinkin as they faa.
Drappin clean on tha bak o mae han

ben heid. Douce. Quet as watter.

Tost up agin, up, up.
Tae bae cut oot, flemit, dichtit
tamed, forgot.
Bit niver tappin oot.

Aye faa'in bak,
follaed bae mae iceberg een,
mooth ticht steeked
intae tha vast wurdless fumarole

whar sharks' gams
skech bane an smeddum.
Wersh tholin
smoored in saft scallion.

Unearthly Cretaceous Men Turning Nimbly

(Translation of Eldritch Cretaceous Men Jinkin)

I was drunk last night.
Today my brains are a bowl of sick water;
it will be tomorrow before
watercress sprouts from them once more.
Eco-yearning is all the strength I can find,
to dislodge the sharks' teeth
closed around my bones; deep water burglars
of my life's succulence.
Sorrel helps, tossing the hot needle-teeth
high through my head like jack-stones;
transforming myself into a mystic, fumbling
rocket fuelled incantations.
I grip with dandelion
the sweaty superstitions
of sly wee megalodons on the rise.
Seahags in fives seeping sad toxin
turned hideous cretaceous men,
turning nimbly as they fall.
Landing complete on the back of my hand
in head. Docile. Flat as water.
Tossed up again up, up.
To be excised, banished, cleansed,
neutralized, forgotten.

But never topping out.
Always falling back,
followed by my iceberg stare,
teeth clenched,
into the vast wordless fumarole,
where sharks' teeth
cadge bone and passion.
Bitter enduring
smothered in soft spring onion.

On Binnion Hill, a Transgender Tael

BINNION Hill overlooks the river Foyle, in Co Donegal, south of St Johnston. I was stooking straw with a workmate, one September, just after the turn of the millennium, when "wee bales" were still common. During tea break, the subject of the theft of computers at a local factory and the apparent motive, came up for discussion. My Laggan workmate summed things up by saying, "shur thon man couldnae come bak here, he'd bae tha chat o tha country!" The complete certainty with which he cast aside any idea of gender choice, stayed with me strongly enough to get me making a wheen of habbies out of it, years later. Societal attitudes have moved on since then. Binnion is a stone's throw from Lettergull, where young blind poet Sarah Leech lived out her short life, two centuries ago. She mentions Binnion in one of her poems. I wonder what she would make of this?

On Binnion Hill, a Transgender Tael

For Sarah Leech

Tae break time on Binnion Hill
Sammy Sproule an Jeck McGill
On wee square bales chowed their fill
Thon sunny day,
Slabber cracked as stookers will,
An supped their tae.

The price o barley, green an stra
Nae guid again this year ava,
Beese an silage prices faa,
Fairmin's daun;
The country tae devoid o laa
Frae here tae Fahan.

Throu the toonlans wurd had skailt
Thon very morn aboot a theft
O ten computers nane wur left
At Moo-Moo Meats;
The Guards wee scartin heids bereft
O ony leads.

The pair appraise this latest news
On Binnion tap's stra bale pews,

For wile the life that some folk choose,
Robbin ithers
Just tae pay for drugs an booze;
An shame their mithers.

McGill confides his "inside track"
Heard frae a boy, unco pack,
Said naw for truth but for the crack
Tae tak a han;
An later lauch ahint Sam's bak,
Sad wee man.

"Sex change money, Mr Sproule
Wuz why them computers wuz stole,"
Jeckie's face wuz unco droll;
Confidin wink:
"Boy frae Mongavlin name o Boal,
What dae ye think?"

Sam chowed his piece in lower gear,
Studied lang the stubble fleer,
For sic aule yarns naw fit tae hear;
Wad fry yer heid
Still, aboot a warl got odd an queer,
Sam had his screed -

"Tis a worser case nor Stumpy's brae,
He's the chat o the country
Frae Porthall tae the Bumbae
                    A boy lik thon
Cannae bide here nae mair, nae wie
                    A man lik thon!"

Blin his benmaist binary glosses
Ower the richts o muckle voices;
Dysphoria's hesp in nae wan tosses
                    Tae Sammy Sproule
Nae sic thing as gender choices,
                    For "thon boy" Boal.

Nae euphoric chick on wan nicht stan,
Nae denty frock or weddin plan,
Nae bikinied boady streeked on san,
                    Nor saft pink hat;
For "thon man" wuz a still a man
                    Efter aa that.

Oblivious thochts, aye, an thran,
Drap kicked aff tae Pervertistan;
"Thon", is weel noo took in han
                    In stookers chat;
For "thon man" wuz still a man

Efter aa that.

Jeck, he didnae scoff this sense,
Grinned an rose tae earn mair pence,
Grabbed a bale, felt twines gae tense;
Syne, Sam arose
Tae start a stook nearhan the fence
The subjict closed.

POSTSCRIPT YIN

Intae Mongavlin oor burglar breezed,
Lily's op complete, a weetheen pleased,
Bitta hame-place baurs time seized
For ainst wuz Wullie;
Her smeddum strang, her tholin eased,
Smert wee cutty.

The day euphoric she could sing
For a Mammy's luve wuz everything
Nae stooshie minded faither thing,
Nor femly spat;
Shur country chat couldnae ding
Efter aa that.

POSTSCRIPT TWA

Whar Sam supped tae an bales wur redd
King James ainst stood aa gentle bred;
"A land weel worth the fight," he said,
                    Frae Binnion hill;
The Laggan braes aboot him spread
                    Wi Godly skill.

Lily's heid, o history wuz bereft
O schule kent wittins nane wuz left;
But still, "an op weel worth the theft,"
                    She could weel claim,
Afore the nicht at Moo, Moo, deft,
                    An local fame.

Desk Loom

THE following long poems grew from my experiments with traditional Scottish verse forms, with a line from John Hewitt's *Rhyming Weavers* creating the spur.

"The verses illustrate the principal metrical patterns used (by the Rhyming weavers), Standard Habbie, that neat hold-all, The Holy Fair stanza, The Cherry and the Slae quatorzain...".

I set myself the task of crafting poems in each of these, particularly the first two; applying myself to the discipline of the stanza form. Initially, I remember craving an escape from the beautiful, skilfully crafted, sleek, but often generic English language free verse that I seemed to be reading and trying to write. These older, clunkier, earthier, traditional Ulster-Scots forms seemed to fit the bill. This grew into a desire to revel in, and celebrate rhyming of all sorts - off the wall forms, running with ideas, doggerels, anything that appealed. Having fun with the leid.

Unhurried, poems sat on my desktop, sometimes for years, working at them whenever I got a moment.

Whar is Campbell? was the first; the only one for many years; started around 2010, it took the longest. *Iggy's Cauf-Choir Teem Kye Sang Brood* sat accreting on my computer from Autumn 2019 to the Spring of 2021.

There came a point, relatively advanced in the journey, when I realised that what I was doing, was similar to the subject of *Whar is Campbell?,* James Campbell's (1758 – 1818) practice of composing at his place of work, as John Fullerton tells us in his biography of Campbell introducing the 1870 edition of his poetry.

"The principal part, if not all, he wrote was composed on the loom. It was his custom to keep an inkhorn and paper always within reach, and jot down his verses on the instant they were formed in his mind."

Throwing weft with his shuttle, making lines with his pen, his linen long gone; his lines survived.

It has been suggested that some of these poems are over long, but the spirit that led to their creation and the feeling that no point is served by hiding them away, leads me to include them. I like dipping in and out of long poems, it's small sections that stay with you, in my experience.

Whar is Campbell?

IN 2009, whilst satisfying a bout of intense curiosity to find out more about the early Ulster-Scots poets of east Antrim, I found the door of retired farmer and well-known local historian Mr Earnest McAllister Scott of Ballyeaston. I first become aware of Ernie and his connection with this tradition of writing from his involvement in the 1992 book *The Country Rhymes of Samuel Thomson* who had hailed from Carngranny, just a few miles away. One of the things Ernie told me, that single time we met, was that James Campbell of Ballynure, was buried in Ballynure old graveyard.

It wasn't until a year later that I went to the graveyard looking for Campbell. I was moved to write this poem when, after having failed to find him, I discovered Ernie Scott newly buried there himself.

Whar is Campbell?

In Ballynure lies a plot o banes,
Thranged wi weeds, an faded names
On forgotten rows o foggy stanes,
Frae ither times;
Whar muckle kinfolk left remains,
An chanted rhymes.

Whar is Campbell the plebs "Magog"?
We scan the stanes an scratch the fog,
For Ballynure's eydent modest cog
O poetic art;
Wha scrieved awee on loom-side log
Wi furious hairt.

Lang time syne his bouk was sent,
Tae this groon wi stanes asklent;
Frae Ballybracken, bae lane an bent
An final loanen,
The twelve shank timmer breekum went,
Slowly wendin.

Sic funeral thrangs at Campbell's grave,
The weaver Bard, the honest knave;
Yet so fragile was the memory saved

In "posey's" book,
That on this chiel nae critic raved,
Or felt tae look.

Which aule gressy kirk-yard bump
Was ainst the Bardic burial hump
O Jim, wha skelped the rotten rump
Wi nae amends,
O rich folks' greed in stanza's plump,
Tae poortith freens.

Big man o liberty an wee,
A "minor" poet, full o Paine was he;
This wabster chiel kent aal men free -
Naturally.
His struggles led tae you an me -
Politically.

Aiblins baith Orr an Thomson threw
Their een across this kirk-yard view;
Spoke wurds wi Jim, grave an few
On some poor deil,
Whase race o life fled owre the broo,
For want o meal.

Then tae the Tap Room in the rane,

Tae pree an crack wi loud refrain;
Sing bawdy songs an sangs o pain,
The tappin shoen
O bards an cotters pissed at e'en,
A drunken boon.

Oh country craft wi powers rare,
Flit me throu a space time tear
Tae Beattie's Tap Room, Ballyclare,
Twa hunner year ago;
Wi bearded Campbell seated there
Chattin hoarse an low?

Wi fancy's een I keek his shifts,
'Twixt stool an tap he deftly flits,
Gleg an canny wi simpler wits,
He cracks wi gypes;
Oddtimes slams the rich man's writs,
The poor man's fykes.

Then prees a drap an sings a verse,
"Expostulating" whiskey's curse.
In Corbie tones, mock morose,
Agin malted vial,
Warns ilka young wan frae a dose,
O "Campbell's Cordial".

Wi sky clear een, an cheekums flushed
Oot his "Night Cap" comic rushed;
Then "Mullan's Adieu" dainty pushed;
            Its liltin mode,
Has burly tap men unco hushed,
            Till cheers explode.

Fornenst him noo, an oiled on rum,
I bid him polite, his life tae plumb;
Lay pipe an pot atap the lum,
            An sing tae me,
Abeen the revellers bee scep hum,
            His life awee.

Canny Campbell gied a chuckle -
"I'll for you my heid unbuckle,
For bardship is the soul o muckle,"
            He says to me,
"Oblige yer ain tae final ruckle,
            For sic are thee."

"Mae trade is wabster, slave o dree,
A family man, an boozer tae,
Wi Masonic rites I full agree,
            "Lucubration"

Square an gauge were gied tae me,
In Bal'easton.

"I endless weave the flat entrail,
Knot snappit warp wi chippit nail,
Feed skirlin weans on wattered kale;
                A waeful dish,
I fyke for meat, an bitter rail
                An fervent wish.

"For next my loom my ink-pot stans,
My shuttle thrown wi blotted hands,
As first an fierce my blow it lands,
                In thinkin hurly;
Afore I dam corruption's bands,
                In written fury.

"I curse all Lords an pray they writhe,
Wi prelates bloated frae the tithe,
In penitent agony, still alive,
                Aflame in hell;
Wi meal monger's lapping lithe,
                Ower fiery dell.

"Maist times I fairer themes embrace:
Tae fond recall a parted face,

In epitaph, or aiblins address
"The porky pig";
Sing sangs for poor folk aft in stress,
At soiree's big.

"On politics I aft times gabble,
In secret oaths I ainst did dabble,
Stood 'United' wi the poortith "rabble",
A vow I swore;
I rose agin the monied cabal,
At Donegore.

"Ach, revolution's a bitter tael,
Tae raise a flag; then watch it fail,
For liberty I was coped in jail,
Wi naw a steek;
Near Antrim town we turned on tael,
For Slemish peak!

"Yet mind the "Titan" Tammy Paine -
I wrote awee for his tombstane,
Twa hunner lines in verses plain,
O tribute fine;
His "Rights o Man" nae slur shall stain,
Neither yours nor mine."

"Jim ye're right," I butt in sharp,
"Bonds twixt times are ticht as warp;
Be it Han or Crown or Star or Harp,
    Afore the vote,
The granny's granny o them that carp
    Milked a goat!"

I saw the Campbell's colour alter,
His mooth contort, his patter falter.
"You're nae chiel in this warls halter,"
    He groaned alood,
"But madness come frae Bacchus altar -
    The whiskey bauld."

Hitchin breeks he pulls thegeither -
"Ainst again my boozy blether,
Has gart my heid aal throuither,"
    He tells himsell,
"Awa hame ye ghaistly ither,
    Ye sleekit elf."

Wi that his yarn o life went lame,
Frae Beattie's bak I sharply came;
Noo stood fornenst a fogless stane,
    In twenty ten,
An on it scrieved a different name,

Bae modern han.

Shocked to see, an freshly happed,
An earthly mound the shovel slapped,
Set wi wreaths in ribbons wrapped,
For Ernest Scott;
Wha since we met, his journey stapped,
In this "mad" spot!

I mind his fairmer's studied air,
Judge my grasp o dialect "fair";
Thon single hour, a yarnin pair,
In Bal'easton.
I heard Jim's story, rhymes an mair -
Country wisdom!

Oor search concludes o chiselled names,
Nae sic, amang the foggy stanes,
Ca'd Campbell in this plot o banes;
The bard forgot –
How little o his tael remains,
Yet sic a lot.

Somewhar here his bardic banes,
Rest wi countless staneless ither bein's,
Yet still his wabster yarn remains -

The wurds he wrought,
Scuddin throu the veins,
O Ernie Scott!

An Ernie Scott, wan warp o monie,
Fired, I ween, my needful habbie;
Tae weave the life o Campbell canny,
An grasp the roots,
O makin rhymes, lik famous Rabbie,
An scrivein books.

Noo Jim an Ernie scud the ether,
Baith in twilight aal thegeither,
'Neath Ballynure wi worms an clabber;
What dae they say?
Pree a gill an yarn forever,
Or poetic lay?

EU Patriotic Rhyme in Ulster-Scots

THIS poem sat on my desk through most of that extraordinary period between the disastrous Brexit referendum on June 23, 2016 and the UK general election on December 12, 2019, the day when hope that there would be a significant watering down, or better again, a total reversal of Brexit, died.

I generally hold that patriotism needs deconstructing at least as much as it needs celebrating. But I felt so passionately about this issue, during that incredible time, that I found myself making an exception.

Reflecting back, the path to this poem's creation was made possible after I concluded that James Orr's poem *The Irishman,* was aspirational, not a puff piece proclaiming the supposed heroic traits of Irish people. I couldn't write *EU Patriotic Rhyme* now. The complicated and fractured relationship that has developed between the UK and the EU has put the sentiments in the poem, somehow beyond reach. But the aspirational foundations remain solid.

EU Patriotic Rhyme in Ulster-Scots

Brexiteers poor blinkered loons,
Lugs alive for looney tunes;
Tha coofish Farage fleppin mou,
Niver blate,
Snoked oot a waeful row,
Soped in hate.

Frae Valletta's waals tae Ivalo
Frae Varna's sans tae Raphoe
We've a project on tha go
We are tha bauld EU!

"Kipper" blaggards skailt their lies,
Their "Euro Empire" eejit cries;
Some sleekit cleek- tha-pursie thing,
Billions loost.
"Oh, tha doom tae Britons bring,"
They menseless post.

Frae tha speelin stanes o Fontainebleau
Tae tha Kitlin's Mound at Waterloo
Throuither gart throu an throu
Frae '45 in ashes, tha brave EU.

Euro nations haule thegeither,
As Tories scaule an scobe ilk ither;
Sic a screed o waeful haverin,
Heids a birlin,
Deeved frae a tha weanish claverin,
Enless skirlin.

Frae Beaux an Strbske Pleso come
Tae Strasbourg, an frae Balaton
Up we are for somethin new
Rome in '57 'Abu'.

Shared millennia does cement
Tha bouk an banes o continent;
Tha Danube River maun bide a wee,
On its wattery trael,
Ower half a billion folk, an free,
Tae proudly hail.

St Peter's Square tae Jutland dune
Midi peak tae Camargue lagoon
Atap a ben or doon tha toon
Merger '65, oor EU.

Tragic Tallinn whar Joey died,
Garryduff whar he wuz laid;

Brigantines tae Honda screams,

What a hameplace!

Bustin endless sangs an scenes,

Tha michty space!

In Lapland sleet or Cyprus heat

Finisterre or Warsaw street

Keek tha Single Act scud throu

In '86 tha broad EU.

Budapest tae Brig-a-doon,

Charles Most tae Palermo toon,

Though bae tradition wile throuither,

Unco vocal,

Europe aye has pult thegeither

Tha michty local.

Frae tha folk made rok in aule Pompeii

Tae tha loyal streets o Tiger's Bay

Syne gleg Maastricht in '92

It's official, we're ca'd EU.

But dinnae thole tha skeekit rogues

Aal happed up lik Venice "Doges"

Their "super-state" tae impose;

'Cause here's tha thing

That throuither disnae centralize

Shouldnae ding.

Biggin up wi ilka census

Daelin teuch tae rax consensus

Amsterdam is richt on cue

In '97 aal hail EU!

Throuither needs nae excuse

In Santa's Rovaniemi hoose,

Or up Olympus nearhan Zeus,

Or Oder floodin,

It's Pamplonan bulls on tha loose

Inbye us scuddin.

Frae Jura pap tae Alpine tap

In Slupsk tha project disnae stap

Ainst again we're on tha broo

Nice in 01, tha cute EU.

Aal tha Pope's an Pastors' flocks,

Imam, Rabbi, Orthodox,

Folk that dinnae tick tha box,

Ken their richts.

Nae tyrant bigot oor freedom blocks

Wi sleekit tricks.

What Hanseatic trade began
Noo lorried up tha autobahn
Lisbon '07 we'll niver rue
Consolidatin oor EU.

Frae Skellig Michael tae Inari,
On tha bak roads intae Bari,
In lederhosen, kilt or sari,
This nae mailin
But oor ain tae big or clarry,
Aye a skailin.

BREXIT vote, June '16
Drapped a bombshell few foreseen
How populism gars us grue
Black '16 for oor EU!

Sad, Wullie Shakespeare's noo departed,
But naw his Romeo an Hamlet.
Othello kent that orchestrations
Made tae measure,
Unlik lang heided Euro-visions,
Are rued at leisure.

Speels abeen tha selfish nation

People poower naw forced creation

We spiert an theaped; tha project grew

Aye a biggin, oor EU!

Iggy's Cauf-Choir Teem Kye Sang Brood

The cattle are lowing, the poor Baby awakes
but little Lord Jesus, no crying he makes.
Away in a manger

Iggy Papp ainst me did stap
on tha road tae Vindaloo,
sax pints we had in Tha Vysehrad,
mair in Tha Croon an Shrew.

Thou Rock an Roll I couldnae thole,
twixt pubs I aften staucher,
for Papp wuz up for wan last sup
at a club ca'd Johnnie Walker.

Ainst on tap we didnae stap,
sung hamewards hairt an saule
played air guitars tae tha moon an stars,
let tha magic pure unfaule.

For me an Papp fornenst a slap
spied fairy nowtes a danner;
a heifer choir wi eldritch fire,
an scud saftly pious manner.

They keeked oor wie an stapped forbye,
which made us sair afeart;
whan taels aa flept oor hairts buck lept
that sic a herd appeart.

Papp didnae hide, but bid them bide
tae listen tae some punk;
tha racket there wuz wile, wile rare,
an us still stocious drunk.

Then tha beese maun sing their piece,
their holy genesis sang;
wi voices saft an hairts alaft
they took us richt alang.

Twuz tha tael o mad Glencraigie,
on tha eve o Christmas bitter;
steamin kye an steers throu slaps
saft tha smell o skitter.

Beese frae Larne tae Lindisfarne
waited drouket hairy,
ootside a byre wi patient fire,
on a sacred gift frae Mary.

For kerried sore, syne Christ wuz bore -
that coos woke baby Jesus;
how mooin stots, tha lowing ox
drooned oot tha wise men's praises.

Frae wie bak then, blate wur them
that went on cloven hoof,
their Christmas fear, tae spoil tha cheer
wi voices maist uncouth.

But throu monies tha barn anither yarn
aye kythed tha oxen herds,
lang foretaule in ilka faule
kept aa wi hope abraird.

That in due time a cauf sublime
wad rise abeen tha thrang;
tae amang them flit an lay kye fit
tae praise their Christ in sang.

Whan Taurus high speeled ilka sky,
they kent tha time had neared;
frae tha lan o Lapps tae Jura's Paps
aal tae Glencraigie steered.

Near tha morn tha cauf wuz born,
lang hechted frae abeen,
wha bears tha gree sae denty tae
that monie had foreseen.

Oor michty God wi sacred nod
tha new boarn saftly touches,
twuz mair nor straws stuck in their craws,
ilk kye his hankie clutches.

Mammy mooed she'd niver rue,
her weetheen come aboot;
daddy bull wi thrapple full,
his luve he guldered oot.

Beese went hame wi hairts aflame,
for their bonnie gift frae Mary
some went east, some went west,
an some up Skerry Wherry.

She took her name frae mammy's freen,
tha bonnie name o Peggy,
an sooked tha teet in byre an street,
tae grou up strang an leggy.

Frae early years throu luve an tears
she's marked a cauf contrary;
wi maukins snoked an brockies hoked
up lonesome aule Glencraigie.

Oddtimes aule coos did foutie moos
that nae hechted yin could bae,
them better reart wur sair afeart
that nae sangster coo wuz she.

But comes tha day she lifts tha spray
tae conduct wi cloven huif,
taks her stan wi tha eldritch wand
nae mair a cauf aloof.

As sceptic kye gied her tha ee,
she heezed up her wee baton,
prayed tha muse wad her enthuse,
an picked tha yins tae start on.

Twa duddy nowtes that couldnae mak
but craikin thrapple noises,
wi a sweesh an flick o her fairy stick,
gied baith them tenor voices.

Sic a tumult up Glencraigie,
sic ramstam wheeches tha herd
there wuz nae doot tae aal aboot
Peg wuz tha yin lang spaed.

Guldered ilka coo for a nouveau moo -
she jinked her magic preen,
stappin stramash wi a wampish
in tha name o Him abeen.

Syne ilka baste frae least tae maist
axt tae join her choir;
an skailt amang tha bovine thrang
tha sang o God an byre -

"Lang time ago an far awa
Lord Jesus did arrive,
tae uplift tha moos o lang deid coos,
tha en tae which we strive."

Syne ilka stirk wi abitta wark
speelt tha vocal heights;
heezed tha steer tae a tap maist leer
in tha name o Jesus Christ.

On Christmas Eve thrangs dannered, stieve
tae tha new bigged Tardis byre;
filt mezzanines wi lang loost freens
tae a backin cauf teem choir.

Syne, Bulls mooed alto, coos contralto
och, it really wuz a wheecher;
tae tuneful moans frae baritones
sopranos sang tha heicher.

Peggy's staff gart lilters waff
wi sonsie eldritch timbre;
raxed benmaist pairts o bovine hairts
in a drouket deep mid-winter.

Syne tha beese o gye Glencraigie
scudit star-ward tae their Lord
in sangs maist fair, sae denty sair,
their prayer tae Him ootpoured.

Oor Yin abeen had niver seen
sic a kye cantata chorus
tha coo-teem score sae tigged His core,
that doon he kythed afore us.

Crooned nowt an steer frae ilka fleer
wha kent tha Lord o hosts
for Him wi gree did bide awee,
amang his loyal hosts.

Come screich o day He's weel awa
but naw tha sacred licht
that pit tae beed in ilka heid
that coo sang wusnae richt.

Noo Peggy's coos proodly moo
tae a God that's naw sae late;
for herds o stirks fill ilka kirk,
singin oot naw wan bit blate.

POSTSCRIPT

Papp woke up on a Fairyfort,
me in tha sheugh fornenst;
ticht tha heid an saft tha screed
o dreams that kye suggest.

Tha moral o mae tael is this,
whan cloven huifs conduct,
coo an kye are Godly tae,
as are tha Ulster–Scots. WINK!

A sheggy coo story

Wullie Whin's Lament

"A loost mae jeg", girned Wullie Whin,
Sat fornenst tha narra slap.
"On mae heed bates doon tha sun,
Am sic a state o scunnered sap;
Saft feathered airms are nae guid
For a scabby heided warl,
I wuz built for draain bluid
Tae sleekit snash an snarl
Folk's skin ilk day.

"Jeggin wee girls lik a Singer
Tha pedal tae tha fleer,
Intae tha bane o fairmer's finger
Tae tha big lad sheds a tear;
Airms o spite an me tha maister
A gashin whin's wee giftie,
Afore these days o saft disaster
Nae chat o hamely dainty
Wuz had ilk day."

"Haule yer whisht," lauched Phelim Feely,
His crabbit hawthoarn nighbour,
"Sic tha keeche we heddie swally,
Sic girnin creeshy slabber;

That yer jegs are poortith saft
Lays naw a boady fashed
Yer granny heard it first, an lauched
Tae see yer badness richtly slashed
                    Tis true this day."

"Steek yer bake gloatin gett,"
Wullie guldered doon tha brae,
"Lang time scober scobin yet
Naethin sic did granny say.
Yer tha hoore o septic thumb,
Yer bouk's a sack o preens
For sticking guid folk up tha bum,
Yer ilka jeg in evil teems
                    Tis clear ilk day!"

"Life is but a jeg, *mo chara*,"
Feely blattered bak disdain,
"That stoves richt throu tae marra,
Or blunts itsell on bane -
Oh whar's yer quills o porcupine,
Yer lobster claws or crabs,
Yer muckle ainst wur deadly spines
Turned intae mince kebabs,"
                    He mocked that day.

Wullie's broo in thraness set,
Tha things ye heddie thole;
How'd he sic a neighbour get,
Whase hairt's as blak as coal.
Phelim tae wuz deep set fashed,
For scoffin couldnae hide
His ilka hope an prayer lang dashed,
Tae find a nicer slap tae bide,
Aye clear tae aa.

Twixt tha twa flits Meggie megpey,
Keeche seekened bae tha patter;
Aften tae tha thoarn she'd fly,
Or whin, it didnae maitter.
Whan aft ootbye on messages,
Keeked baith gypes frae afar,
Tha maist denty pair o savages
That iver groued frae glar,
She thocht ilk day.

Wullie's robe o gowden petals
Pricked her fancy tae tha root;
Tha simmer sark on Feely settled
Gart tickles throu her bosom shoot.
A wheechin sicht they cut thegeither,
Aye spoiled bae fash an snash,

Instead o hairtsome nighbour blether
They hateful hack an hash,
Enuch wuz enuch.

"Twa bonnie bushes ay a stooshie,"
She skreiched abeen them fleppin,
"Ye ha'e mae heed a swithered cooshie,
Me wee hairt aye buck leppin;
Stap this hateful crabbit screed,
Shake yer sprays an hug,
Set aside tha menseless leid
Alloo quiet tae mae lug,
I beseech this day."

"Ye'll get yer jeg bak Wullie dear,"
Meggie saftened her wee thrapple,
"Be a whin an dinnae fear,"
Coorse her whispers crattle,
"Tha droot's ahint yer prickless state,
There's muckle whins tha same
Dinnae let it gar ye blate
Nor gie yer nighbour blame,"
She appealed that day.

"O Wullie true", said Phelim noo
"Oor wee Meggie bird is richt,

Throu ilka day we misconstrue,
An rue it ilka nicht;
Ainst it wuznae just tha case,
For thoarn an whinny boy wur freens,
Sorry Wullie tae yer face,
I'll try an mak amends,
                    If you dae tae!"

Wullie scobed his jegs sae saft,
His tragic pricks o puree;
An thocht how Feely's fairy craft
Aft gart a whin tae fury;
But aiblins tae his mind did stray
Awa frae menseless gripe
Alloo'd that fechtin ilka day
Wuz, in truth a load o tripe,
                    Gye day it wuz.

Twuz agreed that frae thon oure
Nae moothy prick nor thorn,
Wad e'er agin rise a stour,
Or spoil tha dailygan.
Meggie fleppit sic a flap,
Skreich danced abeen them baith
For noo at last a peaceful slap
Free o fash an skaith,

Weel daun you boys.

Meggie up awa did speel
In a gran aule fit o smeddum,
Left baith aneath tae seal tha deal
An get shired o aa tha venom.
But as soon as she wuz oota sicht
Feely's een set eldritch stane;
He gied oor poortith whin a dicht
Picked a stramash ainst again,
An winked that day.

Belfast, the Athens o the North

THIS rhyming sketch of Belfast in the 1790s, is dedicated to Ulster poet and Belfast native John Hewitt, who had the foresight to name his authoritative book on the Ulster-Scots poets *Rhyming Weavers* not Weaver Poets. Continuing the ethos of celebrating in rhyme, I found myself moving beyond the Scottish stanzas, to run with the idea of a fast-paced metre in light touch Ulster-Scots, trying to capture some of the energy and vitality of Belfast in the 1790s, be it ships at sea, the mood of a town, the hearts of people.

But, as much as anything, this poem is a celebration of the treasure trove of small historical details to be found in newspapers and particularly newspaper advertisements in Belfast at that time; the Newsletter and the short-lived United Irishmen's newspaper, the Northern Star. The tightly packed names of people, ships, products and places offered an irresistible creative opportunity to sketch moments from lives in this complex, often contradictory, revolutionary period, when Belfast was known as The Athens of the North, a hub of the Irish enlightenment. Many historical characters are mentioned; Wolf Tone and Henry Joy McCracken need no introduction. *Homespun Sammy* is Sam Thomson, Ulster - Scots bard of Carngranny, who wrote for the Northern Star.

Belfast, the Athens o the North

For John Hewitt

Frae Cave Hill fort see Belfast port, the Athens o the North,
Enlightened boadies everywhere, liberty pittin forth.
For the pawky wheen in Dublin are quite resolved tae spoil,
What God gied Ulster-Scots folk on lifted Irish soil.

Guid broad folk, wi hearts o oak, in frae the toonlans teem,
Cotters, weavers, fairmers, baith higher chiels an mean.
The sons o dissenter clergymen tae business are inclined,
As the poortith slave in woollen mills, in penury confined.

Will Sinclaire, on The Flags, draas swankies tae his soiree,
Toon politics aye tae the fore an who the daughters merry.
The crucial cost o capital argued, ower liberal claret drink;
It's the price o hemp an ashes drives feelin men who think.

Homespun Sammy cups his gless twixt shap got linen cuffs,
Recitin Scots cut posey, spoke saft as pastry puffs.
The Lord abeen did gart unseen Rabbie's bonnie verses,
His ain alas are humbler yins, the modest chiel confesses.

Dolly's Master, Dalway Lepper, tholes wee Atty Bunting,
As Mary Ann, as haet as pepper, wi aces does the trumpin,
'Twas Drennan's sister hoisted sail for women at the cartes,

"A poor example o oor sex," says a duena wi scented fartes.

Mr Joyce's brigantine is steeked wi Jamaican rum,
His luvly fine scale sugars throu the hands o slaves hae run.
But in his cups wi Mr Vassa, ainst a human chattel,
The chat is aal how wrang it is, the sellin folk lik cattle.

Tae the Mill Dam, alang The Bank, toonsfolk gae a walk,
Dannerin past the Paper Mill tae boats at Cromac dock.
In Garmoyle Pool or on the Lough, the bigger vessels moor;
Their duddy tars aye pile ashore tae drink an pay a hoore.

On Hanover Quay the cotters lift oat seed for Carngraney;
As a berth alang the birkies hump the cider frae *The Fanny.*
Direct frae Chepstow, Mr Simms daels hampers very chape,
Three dozen bottles every time an o gaugers not a peep.

Mr Campbell's leaky *Charlotte,* held up bae contrary winds,
As Paddy McNab's *The Richard* clear tae Liverpool runs.
The Venus, hides an baccy, clears port for Norway bound,
While *The Mary* is arrivin, wi Malaga fruit an wine.

The linen brig *The Catherine* docks at Chester on the Dee,
Her Master's cargo at the crane, 'ill soon the market see.
Captain Howland, for New York, steers his *Ann an Susan,*
Filt wi fashin femlies gan a north Atlantic crusin.

Tam McCabe, Irish Slave, is twixt Vicinage an his shap,
Raikin past the Poor Hoose, where rich folk seldom stap.
But he an ithers built it big, tae alloo tha poor some meat,
For the rotten Irish government would gie them not a haet.

God revealed, a mighty thing for maist involved in trade,
Maitters just as highly tae them that lifts the spade.
The established Kirk o Irelan is ca'd for saintly Annie,
Far abeen the Catholics, who prefer the Saviour's mammy.

On Rosie Street, nearhan Parade, three dissentin kirks,
Hae theocratic poower, in the hans o Session clerks,
But Tammy Paine's *Rights o Man* gets the bibles thumpin,
Wi scripture politics aal the rage the pews are fairly jumpin.

Frae Kildare, withoot a care, a man ca'd Theo Tone
Does a big huzzah for Catholics, despite the British Throne.
Pens himsell an *Argument* agin the Penal Laws;
Tae trump the bloody aristos wi a far superior cause.

He signs it "Northern Whig" an licks his radical chops,
Sensin Blefuscu traders shared England's love o shaps.
But will the aule established traders break the English link,
Or form a club for greetin ower a guid aule feed o drink?

But it fits gye weel wi northern zeal for Parliament's reform;
Shur emancipatin Catholics will surely dae nae heirm.
“United” clubs start pappin up amang the “third estate”;
For Ulster’s gless is charged; Irish patriotism in spate.

On Talbot Street, beside his kirk, Bill Bristow lives in style,
For King an Constitution he’ll gae the extra mile.
It irks his sup, that flegs are up tae celebrate the French,
For, radicals lik the Farset, split High Street wi a stench.

Sammy Neilson daels in screeds o Irish aal thegeither,
Starts his Northern Star tae oot the tyrant blether.
Johnny Rabb, feels the same; gies his press a wipe,
Printin truth twice weekly in guid unfettered type.

The tap Committee Catholics come up frae Dublin toon,
Joinin ither thoosands tae mark the Bastille’s dingin doon.
The big emancipate debate lays maist folk weel content,
Sent a message tae the Castle aboot their serious intent.

Dooty Gaels strum their harps in the toon Assembly Rooms,
Immortal fingers playin chords tae gun an cannon booms.
The Dawning o the Day, fornenst the liberty o the French,
Hibernia in the hearts o aal, oor chained up bonnie wench.

Mr Hempson, blind, frae Derry, plays an sups his cup,
The new strung symbol at his knees, 'ill soon be on the up.
Shughie Higgins, frae Mayo, maks the best o *Madam Cole.*
Paddy Quin frae Keady gies *The Rocks o Pleasure* soul.

Jimmy D's *Molly Ashore* gets a gye guid clap an ca,
As Rosie Mooney's *Mrs French* oot guns the feu-du-joie.
The youngest harper present, Armagh's wee Wullie Carr,
Awes the ladies wi his set, efter Duncan's *Morning Star.*

Mr Tone is quite at hame wi how the harpin sucked,
Apert frae Charlie Fanning, for he'd the trend weel bucked;
But Atty there says "o contraire", excited tae a swoon,
His life lang work is started, writin aal their music doon.

Volunteers an democrats plan a big convention,
Their United Irish patter aye planter boys' redemption;
But the King an Constitution mob move wi ruthless speed,
Convention crushed, Ulster shushed, naethin got agreed.

The Paris winter snickin o Louis's scrawny thrapple,
Alloos the Castle whiterets tae aal in pushion sapple.
Johnny Fane does Proclaim frae a poustie position,
Turns huzzahin baule Dumouriez intae traitorous sedition.

Noo gentle folk an Jacobins maun tryst abakka hooses,
Tae plot agin the Marquises an their damnable abuses.
Sedition lurks in every bole, the French fleet near at han,
Informers snokin everywhere, night kats prowl the lan.

On Cave Hill baule they cannae thole Irelan's tragic state;
Set brutal tragic futures hurtlin at them straight.
That Tone an aal his comrades swore niver tae resist,
Ripples doon the centuries intae Ulster's fightin fist.

Sovereign Bristow sweits at night, his fashin quite insane,
Pretty daughters sound asleep, weel bielded frae the rane.
The fleppin sails in daddy's heid, reek o Frenchie fleets,
Worse, Defenders an United Men trampin Belfast streets.

O Mr Tone you Pog mae Hoin, you seditious swine an cur,
You stinky little Dublin fart, aule England's lion you slur.
I'll crush yer banes an pull yer veins oot yer foosty arse,
Damnation tae yer impudence, you nasty rascally farce.

His Majesty's pressganged tars on the Perseus or Hawke,
Promise loyal folk protection, if French frigates run amok.
Linen ships, London bound, noo maun gae in convoy,
As Paris welcomes Mr Tone as official Irish envoy.

Thomas Russell, aye a danner, in boots o worn leather,
Library saft his manners, but a heart for every weather.
His mystic eye aye foresees the guid Lord's second comin,
Skailin sedition an rebellion, throu the country bummin.

Patriots forced, lik n'er dae weels, tae jook aboot in entries,
Noo wi deadly secrets an avoidin aal the sentries.
The military start dragoonin the guid folk o the north,
Who couldnae tell a pike heid, frae a fairmer's pitchin fork.

Nugent has baith horse an fit, throu the country scungin,
Snokin oot the UP men tae throw in Carrick dungeon.
Innocent hames UP in flames, who dared usurp the Crown,
Procurin guns an swords tae ding their Monarch doon.

(Lashings of floggings and hangings an thrashings,
Burnings, dragoonings, beatings and bashings.
Oodles of innocents thrown into tenders,
Or dragged off to Dublin like common offenders.)

The faffs o switherin colonels, has folk heidless an confust,
Wi fightin Harry McCracken damn near fit tae bust.
He rises weel, wi muckle zeal, but soon it is a rout;
Frae the clash o arms in Antrim, tae Slemish redoubt.

Henry Joy is sadly hung for McCracken agin the Crown;
His dooty ghost speels again, for martyrs dinnae lie doon.
The bloody times soon slip ahint; a British Union comes,
Folk's battles, for noo, weel minded roon the lums.

The latest crap o Sinclaires still tap at hostin soirees,
Troggin ower the claret, aboot who wee Emma merries.
Jacky Bailie has shifted shap tae Anne Street near the brig,
He's comin doon wi cabinets upholstered nice an trig.

Birkies crane the iron still, frae Sweden's Baltic ports,
The Neptune's filt wi folk for Kentucky frontier forts.
Fairmers churn their butter, hump tatties intae creels,
Aal just awee the better, for enlightenment ideals.

Folk still gae tae Four Corners; fill the Assembly Rooms,
Sippin coffee at the cartes the chat is still o looms,
An oddtimes how folk stood up, for liberty pittin forth,
Them wheen o years when Belfast was Athens o the North.

Religion River

THESE Religion River poems are my experiments in re-languaging the jaded and dying, yet still toxic and terribly familiar narrative landscape of constitutional conflict in Ulster, Ireland and across our archipelago. I found myself trying to approach familiar narratives differently, that I might respond differently.

The background to some of the imagery I use is grounded in the idea of books physically unravelling into an endless succession of sentences. For what are books, but a suitcase of sentences, chopped into lines on pages. Words such as *warp, stringles*, *tharim, leid ba's, wirums, etc,* play with this idea metaphorically. I imagine myself stood before a huge chaotic *hesp* or tangle of sentences unravelled from a multitude of books and the spoken word. I make a start, picking randomly, extracting and examining ideas I consider potent, pilfering fragments, sidling up to histories that are deeply rooted; visceral.

Religion River imagines a flow of narratives through time, forming *leid ba*'s or language balls, great tangles around major historical events. *Rosaleen River*, refers to a parallel river of narrative. Contested histories. Rosaleen is taken from the poem *Dark Rosaleen* by James Clarence Mangan.

O, the Erne shall run red
With redundance of blood,

Ere you shall fade, ere you shall die,
My Dark Rosaleen.

The existential ferocity of this has always moved me, since the first time I read the poem as a school child.

Gye Guid Sid touches upon the Spanish Reconquista, the 800year struggle to drive the Moor's from Spain, with obvious parallels in Ireland. Northern Ireland perhaps reminiscent of the Kingdom of Granada. The rings in the chainmail, hinting that everyone is a zealot, even if just a little; the simple vote at an election, preferring one state to another. Nurtured from youth to play a role. My own alienation from Irish reconquest and scepticism.

Poustie Drake 'Byzantine' Scobies is a simple sketch of light and dark, recalling my upbringing as a member of an Ulster-Scots Presbyterian minority community, in Donegal. There, as elsewhere in Ulster, the historical significance of ethnicized religion saturated society, but in a subtle, and largely unspoken way. People follow rules and conventions, there is a generous safe living space. But other forces exist too.

The *not a haet* (jot) *boy squathery* (squad), tolerate only on their own terms; with unspoken pressures on the minority, hinted at. Exodus and genesis, suggest the leaving of Scotland, the beginning in Ireland. The body of parts, a philosophically coherent, well rounded sense of minority identity.

The positive side of county life is represented by Poustie Drake, (not his real name), a well-known soccer player and manager. His day job, in the 1970s, was driving a diesel oil lorry, delivering to, among others, my father's mill. He was a big friendly man with a huge smile. Composing this poem, I found myself using Poustie as a portal back to that time; the great power of the grain drier moving up through the start modes, made possible by the diesel he brought. The memory of the exhilaration I felt as a child, responsible for the starting of this huge machine, hopefully now channelled metaphorically into a powerful and positive sense of an inclusive Irish identity.

Rats Kats an Attercaps travels though the verses from county level through local communities, to family and personal, returning to the beginning the same way, echoes of familiar and difficult narratives, resonating. In Ulster-Scots and Scots, an *attercap* is a spider, also a rogue of sorts, politicians maybe. *Rats* must conceal parts of themselves, for historic reasons; but a badge of honour too. The absence of a moral right to a collective identity, a premise, perhaps. *Kat* is in the 'cool cat' sense, those whose day has come, morally empowered. But positive outcomes for all are possible.

Gowk in ower tha Foyle, an arrival, a conquering that doesn't feel like conquering. But!

Underlying the attempt at humour in *A Rebel Maun Scrieve on His Rubber,* the lack of any formal right to and protection for collective affiliations of a certain sort, is implicit.

The Baule Precincts o Jimmy tha Sixth flags up the, at times, quite paradoxical relationship between Scotland and the Republic of Ireland. On the one hand, more people moved to Ulster from Scotland in the 17th century, than from anywhere else. King James VI of Scotland, 1566 – 1625, better known as James I of England, was the monarch who set in motion the Plantation of Ulster. Under this scheme eastern Donegal was divided into two *Precinct*s, Lifford and Portlough, with my ancestors coming over.

On the other, in 2019, then ROI, Foreign Minister, Simon Coveney in a joint-opinion piece with Scottish Cabinet Secretary for Tourism, Culture and External Affairs, Fiona Hyslop said: "*Scotland and Ireland have long been neighbours and friends, from our historic Celtic roots, to contemporary links in business, education, culture and beyond.*"

So much contention remains in Ireland, yet we find this spirit of open-heartedness, a positive and unambiguous moving on, at inter-governmental level. Surely some of this welcome magnanimity needs to filter down the food chain, with Scotland examining its role and helping foster potential solutions.

A *yoon* is an informal word for a unionist in Scotland. *The Dalradian* is a 'Supergroup' of ancient rocks, stretching from the north west of Ireland across the highlands of Scotland. Clasheygowan is a townland in east Donegal. Skatie Shore, a bay in Aberdeenshire.

The title poem, *Echas frae tha Big Swilly Swally*, hints at rebirth, philosophical integrity, a revitalized moral empowerment rooted in human rights. The power of the conqueror is long diminished, but the sense of collective footprint, set in motion then, is still, for many, integral to identity. But these goals remain elusive. Antipathies linger. Deep unresolved questions remain. The beheading imagery, alludes to the destruction of the Catholic Gaelic elite in Ireland. Huge levels of political and cultural activity, these past 250 plus years, have been focussed on reclaiming ground lost in that disaster, a re-empowering process now almost complete.

Address to President Michael D. Higgins, is a conversation with the Head of State of the Republic of Ireland, reborn after centuries of British rule. The poem reminds us, among other points made, that the genesis of the collective footprint and the conquering, are inextricably linked. Do quandaries linked to these issues get skirted around? Are there limits to the inclusiveness of The President's vision of Ireland? The state recently marked its first century of existence. Shouldn't we be trying harder to move beyond these questions?

Religion River

Religion river
slaw bumbee scud
draas gowden bree
twixt heich paps an desert fleer

Watter loups alang
wi rootlets teemin
leevin threeds
kerried far

Gaethers trumphery
bonnie leid ba's form
clarried gree o ilka hue
wee kirks o lear

Middlin an big
skailt tha length throuither
oddtimes menseless
stooshie biggers

On tha gye scud throu
oor ain vales Rosaleen,
strang smeddum

wile roguery

On tha lang lang
skiff alang tae us
aye at watters en
creepin farrit

Oure bae oure
ower ilka shaulder
echas frae tha deid
leid frae richt bak

Aiblins closer, for nae schule
nor shoal o folk
nor single chiel
gaes bak upstream

Memory bigs
ilka tael an yarn
folks an fishes
toons an toonlans

Bonnie paps
poke abeen clouds
loost an foun in min's ee

or spoke amang freens

Twixt them an me
leevin, war an poems
kirks luved bae monie
at rowlin rivers en

Wrang flow bad flow
shouldnae flow
says disnae say
dark Rosaleen nighbour

Oppression river
sends girn boadies
hard as saft privilege
could mak them

Nae saft tael for us
nor name
nor naethin, bigoted maistly
kerries tha gree

Naw gowden bree
bitter minded teuch vinegar
bigs gye chapels

sorra drooned

In ticht leid nieves
Bladnockfoyle smiles
yin river nae river hairts
sees aa disnae see

Rogue pooshin heirskip
Rosaleen equal
I jaloose naw equal
needs abeen

Gye Guid Sid

For Rodrigo Díaz de Vivar, El Cid (tae Moors) El Campeador (tae Christians) (c. 1043 – 1099).

El Sid
re-conquistador.
pished aff Kings, tummult toons
did naebodies bid

Leeved in a sark o toaty rings
thoosands thegeither
iron knittin

Tis said weans made thon sark
maun had gye guid
finger ingine, tis said

Saft wee weanhoods
gied up tae hard wee rings

Groued up ticht wee sodgers
raws o iron knittin
El Campeador's chain mail
or El Sid's

Conquered Valencia
wi michty men
atap Babieca
iron kep on noble pow
stove in waiker heids
kebbed craniums

Whar God an Allah merched, mixt
 gye guid
oddtimes, for tha odd yin

Gye guid Sid, El Campeador
pished aff Kings, tummult toons
some boy thon
some cause thon

Poustie Drake 'Byzantine' Scobies

Full o't; gye detail.
A Poustie Drake heid full.

Aye tae tha "Byzantine"* scobies;
tha big narratives frae tha coorseheid.
Thran pickles
Genesis stuff aiblins; exodus tae.
Sangs o Jimmy tha sixth;
aal twixt him an noo.

Peep o day echas.
Aye tha drap keek "tha cheep" urge,
tae naethin.
For bigots chack.

They alloo naethin, nae neb, nor ee
nor broo, nor lug, nor mooth.
Nae hairt in kist, nor saule in bouk.
Nae banes. Naethin.
Tha caule minded
not a haet boy squathery.

Owerlord skech happed in loost in owersettin.
Quare crack badness in gye reconquest.

But aye tae, tha gye guid.
Throuitheration.

Up alang tha Finn, Poustie grins,
tha Milltoon grain drier sooks diesel.
Electric motors start slaw
fan birl draas wun throu,
skirl gaethers intae full fan roar.
Tha Up tha Harp burner sparks,
fires Poustie diesel flame intae wun draa;
Midas** haet touched,
Bamba** awns heezed an awa.

Watter draad oota pickles
creepin alang dryin beds,
drappin oot intae auger blatterin
an on…

** British.*

*** varieties of Irish barley grown in tha 1970s.*

Rats Kats an Attercaps

A'm frae a coonty
whar fog is moss is bog is moss is fog
an sangsters flit
abeen middens lang bigged weel gerdened

A'm frae a toonlan
whar guid folk bide abeen a divide
an attercaps rax
alang siller threeds spint frae their ain gubs

A'm frae a hoose
whar tha yin fecht sings lang an strang
an kats thole
michty thrangs in their ain country

A'm frae a hole
whar leid ba's swither ticht in thrapples
an rats merch
on ither bouls throu their ain country

A'm but a saule
whar rats sweit kats an attercaps
an ingine bates
'mang fashin thochts speelt ayont creeds

craetur spake
whar flits a richt filt lik nane afore
A'm but a saule

A'm frae a hole
whar leid ba's bust oot intae rhymes
an fat scrievins
eydent speel abeen swither

Throuithers a hoose
whar craetur byordinar disnae fash
tha aule hat fecht pen
kent an respectit twixt freens wi merches

Or nane in a toonlan
whar folk bide an divide richtly
maugre attercap skech
redd an shired bap cheeked weans braird

Throu a coonty
whar fog is moss is bog is moss is fog
an sangsters flit
abeen Ulster lang bigged weel gerdened

Gowk in ower tha Foyle

I niver listened
tae tha gowk hid somewhar weel shired
but her wairm voice is there
draaed up alang tha valley
yin stauchery mornin
in ower tha Foyle tae St Johnston
tha wai we came thon first day
lang syne intae Portlough
benmaist
she seemed byordinar an frichtsome
gosh twuz bonnie

Cuckoo in over the Foyle

(Translation of Gowk in ower tha Foyle)

I never listened
to the cuckoo hidden somewhere pristine
but her warm voice is there
drawn up along the valley
one staggery morning
in over the Foyle to St Johnston
the way we came that first day
long ago into Portlough
innermost
she seemed extraordinary and terrifying.
gosh it was lovely

A Rebel Maun Scrieve on His Rubber

In tha Royal, Raphoe
ten mile frae Drumboe
a scholar gies ee tae his rubber

Half grey an half white
Jim wuz up for a fecht
for a rebel maun scrieve on his rubber

Wi rid an blue pens
he draad rid an blue lines
aal aroun tha white o his rubber

Whar did it come frae
naw easy tae say
tha thocht o a fleg on his rubber

Naw wan bit foreign
tae tha scrievin wee scholar
wha draad on tha white o his rubber

Tha Maister ketched on
took nae carry on
whan he keeked tha state o tha rubber

"Ah Sor, dinnae dae ocht"
says Jimmy, "it's nocht
for monies tha fleg's on a rubber"

But tha Maister wuznae blate
tae tak oot his hate
on tha Union Fleg on tha rubber

Gied Jim rid an blue lines
tae scrieve thoosans o times
tae scrieve then dicht oot wi his rubber

Tae scrieve an dicht oot
tae scrieve an dicht oot
tha union o saints on his rubber

Syne at hame time furfoughen
jotter pangt full o naethin
an nocht wuz left o his rubber

POSTSCRIPT

Oor Jimmy groued up
tae fair laithe ilka pup
gart lines dae tha darg o a rubber

Tha Baule Precincts o Jimmy tha Sixth

Or Tha Sang o tha Yoon Wirums

Gye an guid yoon wirums
leevin unner nat stane;
heid yins up ootbye bletherin
narratives lik tha Ganges.
Inbye, forbye wirums,
tha brotags, powheids an sticklybaks
are heid bangin awa.

But aa ca'd wirums this lang syne.
Noo, thrapin an jundiein thursells intae a line.
Tha first weegles oot,
says, "it's me!"
Muckle smile.
Tha patter ootbye disnae falter.
Naebodie lets on a bake has apened,
for yoon wirums grate wi heid yins
teemin narrative lik tha Ganges.

Gye excavator ruch hokes
clabber an clai,
till bucket teeth bleetch bedrok.
Tha airm harls bak,
steel gams scart blue dyke stane

dinglin tha Dalradian,
gars it screich
tha fashit sang o tha yoon wirums,
tremmelin tha whinstane,
frae Clasheygowan tae Skatie Shore.

Aiblins tha rummelin unner Sterling Castle,
micht gar a boady spier
o some First Meenister
aiblins a Cabinet Secretar for External Affairs:
"Dis Portlough or Lifford mean ocht?
jing ony skellets?"
tha baule Precincts o Jimmy tha Sixth?
in Tha Laggan o east *Dun na nGall*?
oor forefaithers, foremithers an foreweans
wur axin efter youse!"

Echas frae tha Big Swilly Swally

Rite lingers in wee ghaist;
pads aboot tha hoose, richt gaed wrang,
saft fit on fleer; an nae wunner,
for rage echas in ilka *seomra.*
Echas frae tha big Swilly Swally.

Wee eldritch lassie, jookin;
keeks throu bak windas, doon tha whin loanen,
ower tha blin loch tae Scotlan
or somethin;
bonnie sang in heid
tuneful, but afeart.
Lugs alive.

Tha famished stramash
burns yet in lang heided *taoisigh*,
an their fit sodgers,
eejit evil oddtimes guid yins.
Tha mighty ding weel minded.

Leevin requiem for Foyle's faa,
lood thrapples ootbye front windas
chiels an limmers, centuries twixt lugs

biggin up tha big Swally.

Frae tha steps o Langdeidyins Haal,
sense an slabber mixt
agin her folk frae athort tha sheugh.
Midden men.

Wha breenged throu ilka toonlan,
keep an cot neuk,
foes abraird in *Tír Chonaill*,
noo bigoted naethin.

Shadda lassie scuds throu tha hoose,
mute unner deified deid yins;
martyrs glower atap high stairs,
gloat abeen ingles,
girn in libraries an studies.

Frae pedestal on fleer; tha big boady abeen aa;
thon nae echa.
Tha heid cut aff *Ard Rí* again.

Bide amang, bide lang, bide easy,
nae mailin you, says he
Rosaleen smile.

Aiblins, says she,

wha feels thon doon unner,
whase farts are white
an caule,
move fornenst.

Morose heided civil yin snokes.
Strokes her saft wee thrapple
twixt thumb an finger graspt,
bide amang, bide lang, bide easy
ye wee bigoted naethin ye.

Her eldritch thoarn jegs benmaist,
scobes tha guilty stooshie,
shrunk shadda, nae magic me,
smeddum stifled unner re-swally.

Eternal danner,
her ain wee leid, ain wee true.

An echas aye echas:
thon pink cleaver cut mornin,
heid aaf at tha thrapple;
sean bhean bucked baith bouk an bane.
Bled pure pen
intae brock hairted yird.

Grandwean's, grandwean's, grandwean -

wee thoarn on lang finger;
bonnie sang in heid,
tuneful, lugs alive,
but afeart.

Address tae Irish State President, His Excellency Michael D. Higgins

Or tha story o fog, aule an new, an introducin tha Butter Hoarn

Tis an honour tae address you Micheal,
equal tae equal;
only a hunner an ninety-three heid yins lik yersell
amang oor earth's eight billion.

Ah cannae help but noteece
yer guid post-colonial sell
is haudin farrit wi a hard wurd agin us,
though aiblins you dinnae ken it
sic chattels o yer gye heid we are.

Ah maun tell you that I cannae puff history awa,
but you'll naw dispute
we hae tha same richts o residence
as yersell.

Mae forefaithers teemed owre
it's true;
new fog on aule stanes
as tha man says.

Skech boadies tae you,
yer aule fog scobed aff.
Sair.
An us whar we shouldnae bae.
Here.

Hoked dykes
whar you alloo'd sheughs
bigged sheughs
whar you alloo'd loanens

Ripped oot fairy thorns
staule Ulster
skailt whins
houghed bastes

Bigged whursells intae gye prent
you in wee
seekened saints, scunnered scholars,
seen baith in tartels

Alloo'd tha gulpen drum
tae kerrie tha gree
oor ascendancy hoarn
toot-tootlin abeen aa

Wur fawse Irish
bigot stapped ithers gang farrit
bred weans fit for naethin,
but aa abeen

An you wi naethin
but wee jookies
throu slapless merches
oddtimes Butter Hoarn* sookies.

You dinnae,
aiblins cannae, forgie us, Sir.
for sic is ticht wove
throu yer ilka peace leid.
Deep

Naethin but deilish badness
soort o boadies,
grippit ticht
in yer wee Rosaleen nieve.

It's weel Ah wat
there's a wee bit o me
stieve steeked in thon nieve,
heezed up afore yer een

for keekin intae.

Tha mindin o oor byordinar genesis
an yer ain o turrible decollation,
sowthered thegeither
furiver.

Michael, aiblins you dinnae ken it,
but Rosaleen nieve livin
has houghed mae yird sang,
lik some coo,
aff at tha queets;
baith chattel an fitnote
in thon wee grip.

Poower,
naw fechtin wrang wi richts
tha hairt o tha hesp, is it,
Mr host o *Machnamh?*

Machiavellian eldritch echas,
A Shoilse. A Uachtarán.
Ah ken whar you come frae,
naethin in yer ain lan.

Tisnae natural Michael.
You maun ease yer nieve
for easements sake.
Mine an yer ain.

Is an apen louf
naw a far better job?
Shur we'll aa get singin.

*Bród agus Misneach***, bonnie tykes Sir.
Pride an Courage.
You hae speeled abeen conquest,
but hae you speeled abeen reconquest?

** in 1811 Ulster-Scots poet Mathew Meek published The Tale of the Butter Horn, with the preamble referring to the ancient practice of robbers using a horn filled with butter to entice guard dogs, and then make off with their master's goods. Here, a metaphor for the practise of states using inducements to lure opponents away from their cause.*

*** President Higgins's dogs.*

Glossary

aa/aal	*all*
abakka	*behind/to the rear*
abeen	*above*
aboot	*about*
abraird	*sprouted*
afeart	*afraid*
aff	*off*
afore	*before*
ah/a'm	*i/i'm*
ahint	*behind*
aiblins	*perhaps*
ainst	*once*
amang	*among*
aneath	*beneath*
anent	*beside/concerning*
anither	*another*
apert	*apart*
athort	*across/over*
attercap	*spider/rascal/spiteful person*
attour	*over/across*
ava	*at all*
awa	*away*
awns	*chaff/the beard on a head of barley*
awee	*a little*
aye	*yes/always*
ayont	*beyond*
bae	*by*
banes	*bones*
bangster	*bully*
banty	*bantam/small fowl*
baurs	*latest gossip*
beed	*bed*
bee skep	*bee hive*
ben	*in/inside*
benmaist	*inner most*

bent	*slope of hill*
bide (a wee)	*stay (a while)*
bield (ed)	*shelter(ed)*
bigged	*built*
biggin	*building*
birkie	*active fellow/labourer*
birl	*spin/twist*
bitta	*bit of*
blate	*bashful/shy*
blatter(in)	*rattle /beat(ing) down*
blirt (in)	*useless person/whinging*
bleetch	*hit/strike*
blether	*idle chatter*
boady	*person*
boke	*vomit*
bouk	*body*
boul	*rascal*
brae	*hillside*
braird	*sprout*
brane	*brain*
bree	*water in which veg. boiled*
breenge	*barge about*
brig	*bridge*
brocht	*brought*
brotag	*caterpillar*
broo	*brow*
byordinar	*extraordinary*
byous	*wonderful*
ca	*call*
cannae	*can't*
canny	*shrewd/careful*
cantrip	*spell*
carle	*big clumsy man*
cauf	*calf*
chack	*bite/snap*
chiel/cheel	*fellow*
chitter	*chatter*
chow	*chew*

clabber	*mud/clay*
clarry	*mess esp. mud*
claver	*gossip*
cleek	*hook/snag/snatch*
confust	*confused*
coof	*fool*
coorse	*course/rough*
corbie	*rook/hooded crow*
cotter	*small farmer*
crabbit	*irritable*
crack	*fun/great banter*
crattle	*bubbling noise*
craw	*crow*
creeshy	*greasy*
crine	*shrink/shrivel*
dailygan	*dusk*
darg	*day's work*
deilish	*devilish*
delicht	*delight*
denty	*dainty*
dicht	*wipe*
ding	*beat/knock*
dinglin	*tingling*
dirl	*whirr/vibrate*
dookin	*ducking*
dotin	*dementia*
douce	*tidy/docile/respectable*
doup	*backside*
dree	*endure*
dreech	*dreary, esp. rain*
drouket	*soaking*
drouth	*thirst*
duddy	*ragged/tattered*
dunt	*knock/hit*
dyke	*hedge*
echas	*echoes*
een	*eyes*

eldritch	*weird/unearthly*
ettle	*plan/intend/attempt*
eydent	*industrious/diligent*
fair fie	*welcome*
farrit	*forward*
fashed	*bothered*
faule	*fold*
fecht	*fight*
femly	*family*
ferlie	*strange sight/marvel*
filt	*filled*
fit	*foot*
flep	*flap*
flit	*move (esp. house)*
fog	*moss*
foosty	*mouldy/decaying/bad smell*
forgie	*forgive*
fornenst	*over against/in front of*
foutie	*petty*
freen	*friend*
furfoughen	*exhausted*
fyke	*writhe/struggle*
gams	*teeth/gums*
gang	*go*
gar(t)	*compel*
gash	*insolent*
gauger	*bailiff*
gies	*gives*
glar	*mud*
gleg	*preceptive*
glisk	*glimpse*
gowk	*cuckoo*
graip	*four-pronged fork*
gree	*laurels/pre-eminence*
greetin	*complaining*
grien	*yearn*
gulder	*bellow/roar*

gye	*very/great*
gype	*fool*
haal	*hall*
haet	*hot/jot*
harl	*drag*
hanlin	*disturbance/row*
hansel	*gift*
hap	*wrap*
hairt/hert	*heart*
haud farrit	*push forward*
haule	*hold*
haver	*gossip/prattle*
hecht	*promise*
heddie	*have to*
heeze	*lift/raise*
heid	*head*
heirskip	*heritage*
hesp	*tangle/quandary*
heuk	*hook*
hind	*farm labourer/ worker*
hoke	*dig*
ilka	*every*
ingine	*wit/ingenuity*
iver	*ever*
jalouse	*suspect/surmise*
jing	*ring*
jink	*move quickly/dart*
jook	*duck down/dodge*
keb	*strike/heavy blow*
keeche	*excrement*
keek	*peep/kick*
ken	*know/understand*
kenspeckle	*familiar*
kist	*chest*
kittle	*tickle/have kittens*

kye	*cows*
kythe	*appear*
laithe	*loathe*
lauch	*laugh*
lay	*leave*
lear	*learning*
leeve	*live*
leid	*language*
lifted	*stolen*
loon	*rogue/rascal*
louf	*palm of hand*
loup	*bounce/spring*
lug	*ear*
lum	*chimney (and fireplace)*
mae	*my*
mailin	*rented farm*
mak	*make*
marra	*marrow*
maugre	*despite*
maukin	*hare*
maunae	*mustn't*
mellin	*mingling*
mense	*dignity/good manners*
merch	*boundary/meet*
michty	*mighty*
moss	*bog*
mou/mooth	*mouth*
muckle	*many/great*
naeboady	*nobody*
nane	*none*
nearhan	*nearby*
neb	*nose*
neebour	*neighbour*
nieve	*fist*
nocht	*nothing*

nowte	*cow*
o	*of*
ocht	*anything*
oddtimes	*occasionally*
o't	*of it*
oure	*hour*
ower	*over*
owersets	*translates*
pack	*friends/on intimate terms*
pang	*pack/cram*
pawky	*crafty*
pen	*pain*
pickles	*grains*
piece	*slice of bread with butter, jam*
poortith	*poor/poorly*
poustie	*power*
pow	*head/cranium*
pawky	*sly/cunning*
pree	*taste*
preen	*pin*
queets	*ankles*
raik	*move with speed*
ramstam	*reckless/heedlessly*
raws	*rows*
rax	*stretch/reach out (esp. with arm)*
redd	*clear up/be free of*
riggin	*roof/ridge of roof*
roon	*around*
ruckle	*wrinkle/corrugation/rattle*
saft	*soft*
sangsters	*music makers*
santer	*chat/gossip*
sapple	*saturate*
sarks	*shirts*

saule	*soul*
scart	*scratch/a good for nothing/cormorant*
scaule	*scold*
schule	*school*
scobe	*scrape/gnaw*
screed	*spiel/polemical tracts/a harangue*
scrieve	*write*
scud	*glide/smack*
scunge	*roam*
scunner(some)	*annoy(ing)*
seek	*sick*
sheugh	*drain/small stream*
shire	*settle/make clear*
shoen	*shoes*
sib	*related by blood/intimate*
sic	*such*
sicht	*sight*
siller	*silver/money*
skail	*spread*
skaith	*hurt/injury*
skech	*cadge*
skelp	*slap*
skiff	*move lightly/of rain*
skirl	*great clamour (high pitched)*
skreich	*shriek*
slabber	*slobber/talking rubbish*
slap	*entrance to field*
slaw	*slow*
sleekit	*sly*
smeddum	*passion*
smert	*smart*
snash	*abuse/insult/impertinence*
sned	*to chop/cut off*
snoke	*nose about/sniff*
sook	*suck*
sope	*sip/soak*
sowther	*solder*
spae	*foretell/prophesize*
speel	*climb*

spier	*inquire*
staucher	*stagger*
steek	*stitch/close/confined*
stooshie	*commotion/row*
stot	*young bullock*
stour	*dust*
stra	*straw*
stramash	*uproar/row*
strang	*strong*
streeked	*stretched*
stringles	*strings*
sweitin	*sweating*
swither	*perplexed/in two minds*
syne	*next/since*
tae	*to/tea*
tael	*tale*
tar	*sailor*
tartles	*rags*
taule	*told*
teem	*flood*
teuch	*tough*
tha	*the*
thairm	*guts*
thegeither	*together*
thirl	*bind/pierce/turn up*
thole	*tolerate/endure*
thonner	*yonder*
thrapple	*throat*
threap/threip	*argue*
threed	*thread*
throuither	*confused/disordered*
thrums	*purrs*
thunnersome	*thunder some*
ticht	*tight*
toaty	*small*
trael	*trail*
troggin	*bartering*
trumbles	*tumbles*

twixt	*between*
unco	*uncommonly*
vaigins	*wanderings*
virr	*vigour/energy*
waa/waal	*wall*
wad	*would*
waeful	*woeful*
walit	*picked*
wampish	*swing of the arms*
wance	*once*
warl	*world*
wat	*wet/know*
waw	*wave*
wean	*child*
ween	*surmise/guess*
weird	*future/destiny*
wha	*who*
whammel	*overturn/throw over*
whase	*whose*
wheech	*dash/rush through*
wheecher	*outstanding/stonker/stunner*
wheen	*few*
wheetle	*nibble*
whisht	*call for quiet or silence*
whiteret	*weasel*
wie	*way*
wittins	*knowledge*
wurnae	*weren't*
yin	*one*
yird	*earth/world*

Printed in Great Britain
by Amazon

22955118R00079